KB089579

어쩔 수 없는 시

김혜경 시집

도서출판

소리울

시인의 말

산길을 걷다 목이 마를 때
우연히 바닥이 환히 들여다보이는
옹달샘을 만나면
별 생각 없이 엎드려
손바가지로 물을 떠 먹는다

내 시가 너무 깊어
접근이 어려운 샘물이 아니고
지나가는 이 누구나
쉽게 목을 축일 수 있는
옹달샘 같기를 바라며~

차례

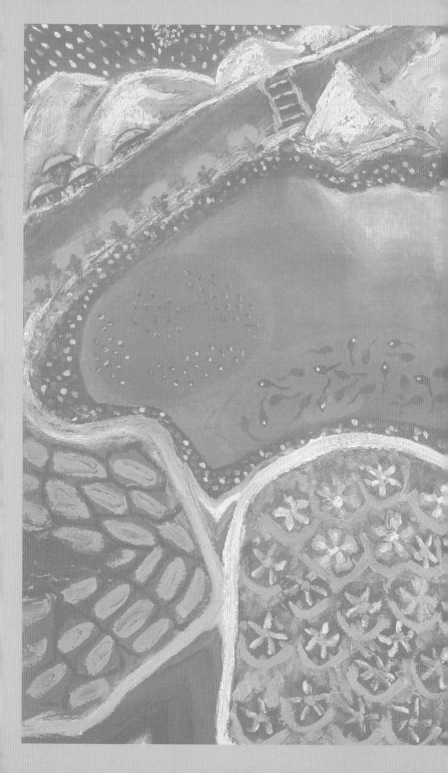

제 **1** 부

자귀나무 숲에서

해 저문 뒤
자귀나무 숲에 갔습니다
땅거미 나붓이
치맛자락에 감겨옵니다
연분홍 새털 모양 꽃들이
사방에서 진한 향을 터뜨리니
방금 전 덧바른 분내음
이내 사라집니다

온 산과 이 저녁을
향기가 안아줍니다
부서진 하루의 조각마저
모두 감싸줍니다

취한 듯 한참 거닐다
한 생각이 일어납니다
아, 그대를 예까지
품어오지 못하였구나
젖어드는 눈가에

그만 주저앉아 오랜만에
먼 시간 저편에 두고 온
그 이름
나직이 불러봅니다
향기에 싸인 이름 하나가
숲 가운데 번집니다
어둠이 깊어가니
향기도 따라 짙어갑니다

오늘 밤엔 꿈속에서
너와 손잡고 거닐어볼까
꽃 지는 날 작은 씨앗으로
이 동산에
나란히 묻히자 말해볼까

헛되이 생각만 날리는데
어느듯 찾아온 저녁안개
내 좁은 어깨 위에
가만히 손을 얹어줍니다

헐렁하기

늙은이 옷은
제 칫수에서 헐렁함을 더한다더니

이젠 나도 헐렁한 게 좋다

겉옷은 물론
그 속에 품은 마음이야
더 더욱 헐렁해야
칫수가 옳은 듯 싶다

친구도 이웃도
쫀쫀한 사이는
혹여 어긋날까
운신이 아무래도 빠듯하지 않은가

우연한 자리
어떤 이와 마주 앉아
몇 시간 노닥노닥 말을 엮다 보면
어느새

오래된 친구 하나가 거기 앉았고

서로가 제 옳다
핏발 서린 세상 기류도
어느덧 비밀번호 필요 없이
내 속을
자유롭게 드나든다

헐렁함의
이 놀라운 기능을
우리는 왜
꼭 늙어 봐야 아는지

정지 신호

초록불 켜진 몇 십 초 동안
횡단보도 위
내 앞을 지나는 이들
젊거나 늙었거나
어느 한 구석은
한 때의 내 모습이거나
언제든 내가 될 수 있는 모습이다

평생 볼 수 없는
나의 뒷모습과
옆모습이 지나간다
두 팔 도도하게 저으며
양양한 내가 지나간다

옆 사람과 부딪칠 뻔하며
쫓기는 내가 지나간다

직립살이에 숙여진 허리
좁아진 어깨의 내가 지나간다

아스팔트 지면을 핥으며 굴러가는
보행보조기 손을 잡고
걸음마를 다시 배우는 내가
느릿느릿 지나간다

신호가 바뀌기를 기다리는
차 안에서 짧은 동안
정직한 내 생애가 지나간다

부끄러움과 연민과
후회와
반성이 지나간다

눈썹이 잘 그려진 날

매일 아침
한 폭 난을 치듯
손이 떨리는 그 일

어쩌다
눈썹이 잘 그려진 날은
접어두었던 마음 한켠
바람이 든다

갑자기 보고 싶다며
한 동안 잊었던 목소리가
날아들기를

길을 걷다가
수십 년 늙어버린
옛사랑과
영화처럼 마주치기를

저녁이 넘어가도

괜한 기다림을
지우지 않는다

어쩌다 눈썹이 잘 그려진 날엔
마음속 골방에
바람이 종일 머물다 간다

어쩔 수 없는 시

모든 가난한 것들은
어쩔 수 없이 시가 된다
세상에 어떤 것도
가난을
안아줄 수 없기 때문이다

사라져 가는 모든 것들은
어쩔 수 없이 시가 되고 싶어한다
세상 어딘가에
제가 머물다 간 이야기를
남기고 싶어서다

순결하고 다정하고
외로운 것들도
스스로 위로가 되고 싶어
어쩔 수 없이 시가 된다

나약하고 상처받고
버림받은 것들에게 고이는 시

살아내는 일
고달프고 서러울 때
막막한 벌판에
혼자가 되어 서 있을 때

우리네 본성이야
어디를 가랴
사람들은 저도 모르게
그 샘물을 찾는다

입동

날이 차네요

내 그리움의 방에
오늘은
군불을 지펴야겠네요

사계절은 늘
좋은 옷을 만들면서도
내겐 점점
낡은 옷을 던져주네요

그래도 이 방 하나
그대의 자리는
늘 또렷이 지키며 살지요

가끔 문 열고 들어가
휘 둘러보면
벽 속에서 들리는 그대 웃음소리
손으로 방바닥을 쓸면

먼지 같이 일어나는
그리움의 시간

혹 그대 곁에도
이런 방 하나 있어
내 자리 있긴 한가요

그대 품에 안기어
노래하던 꿈같은 시간
어느새 방안에 들어
조용히 앉아 있네요

오늘 밤은 더 따숩게
군불을 지펴야겠네요

그대만 오는 길

8월엔
그대가 내게로 온다

햇볕에 질려
고요조차 그늘에 숨은 한낮
손그늘 하나로 태양을 가리고
하얀 운동장을 가로질러
그대가 내게로 온다

잃어버린 낙타를 찾아
사막을 건너 온 아라비아 상인처럼
골똘히 나를 찾아서 뚜벅뚜벅
그대가 내게로 온다

칸나 잎 너풀거리는
교실 창가에 서서 나는
저기 오는 이
그대인가 아닌가 싶다가
꿈인 듯 바라본다

오, 내게로 오는
그대를 바라보는 일이
얼마나 좋은지

상의를 벗어 어깨에 걸치고
땀에 젖은 이마 환한 얼굴로
나에게 오는 그대

해마다 눈부신 8월에는
영원히 늙지 않는
그대가 오는 길이 있어
내 생애의 누추한 여러 달이
내겐 기억되지 않는다

산 아이

암벽타기를 즐기다
배가 맞은 사내와 여자는
대책 없이 어미아비가 되었다

몇 해를 못살아
아비는 풍경소리가 더 좋다며
절로 들어가니
홀로된 어미를 따라
깊은 산에 들어와 사는 아이

어미는 눈만 뜨면
비탈밭에 나가 살고
아이는 종일 산 깊은 적요와
솟대를 깎으며 논다

칼질이 익숙하여
지나던 노인이
뉘게 배웠느냐 물어보니
그냥 알아요

대답이 슬픔보다 깊다

솟대 즐비한 산 집 마당
가을볕에 취한
잠자리 한 무리 날아와
잠잠 가을을 익힌다

산 아이도
또 한 철 그렇게 익어갈 것이다

안부

우리 서로
멀리 있는 법을 배운지
오래입니다
그리워했다면
그 시간도 농익어
절로 떨어졌을 시간입니다

이제는 빈 꼭지만 남은 그 자리로
가끔 눈이 쏠리거든
우리 서로 안부나 묻기로
생사에 걸친
안부나 전하는 걸로 해요

마침 오늘
그 빈 꼭지 자리에
초승달이 걸렸군요
그대 오늘 하루 안녕하신가요

여전히 내쫓지 못한 미련과

혹 지나가던
외로움이나 슬픔이 들어와
지금 함께 있다면
그들도 모두 안녕하신가요
다행히 오늘 하루 나는 무탈합니다

부디

나의 사랑은 지금
백팔배의 마지막 자세로
엎드려 있구나

일어나지 마라
네가 고개를 쳐드는 순간
우리는 서로 정면을
바라보게 될 것이다
아무래도 그 건
일어나서는 안 될 일 같구나

너 또한 나에게
보이고 싶지 않은 그 무엇
숨기고 있지 않느냐
사랑아 나는 이대로
비현실의 네 뒷태를
좋아하련다

네 숨결은

봄 고양이 목덜미처럼
부드러울 것이며
네 눈빛은 녹수정처럼 신비하고
네 입술의 향기는
꽃가루처럼 묻어나리라
믿어볼 것이다

부디
너는 고개를 들지 말라
충만한 미지로 넘쳐 보이는
너의 엎드린 등만을
나는 바라볼 것이다
이생에선 열어볼 수 없는
선물이듯
일상 궁금해 하며
바라만 볼 것이다

사랑아
너의 엎드린 등이여

가난의 기술

가난해야 비로소
보이는 것들이 있다

가난해야
사는 것에 애틋함이 더해진다

본시
가난의 결은
그리 거칠지 않았으리

가난도 보듬다 보면
유순해져 견딜 만하다
함부로 대하면 가난도 억세어져
마구잡이로 우리를 부순다

잘 섬기면
숨겨뒀던 행복의 진짜 얼굴을
종종 만나게 해 주고
그동안 지나쳤던

제 그림자와 발자국을 돌아보는
깊은 시력을 돌려준다

웅숭깊은 곳의
진짜배기 사람 사는 맛을
보여주기도 하고
아주 특별히
용기라는 선물을 안겨 주기도 한다

가난을
모셔본 적이 없는 사람은
그 기술을 모른다

바닥짐

종일
남의 짐 실어 나르고
밤 되면
흥덕빌라 외벽에 기대 잠자는
용이네 1톤 트럭

지나다 보면 항상
뒷자리에 미심쩍은 짐 하나
해가 바뀌어도
덮개를 쓴 채 그대로다

홀가분해 보인 적이
한 번도 없는 용이네 실세 가장

일 나가려는
용이네와 마주친 한 날
아직 임자를 찾지 못했느냐
턱짓으로
짐을 가리키니

"아, 그건 바닥짐이유"

빈 트럭은
조금만 길이 편치 않아도
차가 들뛰고 덜컹거려
바닥짐이 있어야 한다고

그러고보니
우리네 삶의 곁자리 꿋꿋이 지키는
별의 별 근심 걱정들
삶의 한 끝
지긋이 눌러주는
신의 한 수 아닌가

그 바닥짐마저 없다면
우린 얼마나
요란하게 덜컹거리고
멋대로 뛰다 서로 부딪치고
비틀거리고 넘어져

사는 모양

대개는

여간 우스꽝스럽지도 않으리

비오는 날

그 남자
주머니에 딱 만원 한 장

그 여자 반 나눠주고 싶어
껌 한 통 사고
거스름돈 받아
그 여자와 나눠 갖는다

그 남자 그 여자
가는 길이 반대쪽인데
후두둑후두둑 갑자기 장대비

그 남자 황급히 주머니 털어
약빠른 장사꾼한테
우산 하나 사서

그 여자 씌워주며 씨익 돌아서
제 가는 길 향해 빗속을 돌진한다.

걱정 마 자기야
나는 완전방수야
장대비 무찌르며
의기양양 소리친다

그 여자
그 남자와 살지는 못했어도
가끔은
절대 우산 같던 그 남자 생각

비오는 날이면 꺼내어
두고두고 아껴
행복하기로 했다

낭패

곰 같은 사내는
다 늙어서야
여우 같던 그녀가 새록새록 그립다

여우 같은 그 녀는
다 늙어서야
곰 같은 사내가 자꾸 생각난다

사내는 더 늙기 전에
사람이 되겠다고
마늘과 쑥을 즐겨 먹으며 날마다 글을 읽었다

여우 같은 그녀도
이제는 사람이 되어 보겠다고
아홉 개의 꼬리를 모두 잘라냈다

어느 날
그 둘은 우연히 마주쳤으나
서로를 알아보지 못하고 그냥 지나쳤다

그 때는 몰랐지만
곰 같아서 좋았고
여우 같아서 좋았던 거다

사랑은
종종 우리를 시험에 들게 한다
일생 시험에 들게 한다

원룸

집이 아닌
방에서
할머니가 산다는 게
손자는 자못
갸우뚱하다

그래도 있을 건 다 있다며
손자의 어미는
방에 대한 예우를
짐짓 차린다

전쟁의 파편을
평생 뼛골에 묻고 사시던
어머니가 계셨더라면

이만하면 대궐이지
하셨을 게다

울어머니 말씀에

동감하며
겨우내 엄두 못 낸
대궐 이 구석 저 구석을
청소하다 보니
허리가 끊어질 듯 아프다

8월의 크리스마스

염천에 갇혀
방구석 1열에 앉아
오래된 영화
8월의 크리스마스를 본다

석규는 한창 젊고
석규의 안경도 젊다

흠잡을 데 없이 은하는 어찌 그리 이쁜가
긴 생머리가 검게 찰랑인다

사랑은
저리 하면 되는 건데
어둑하니 뭣 모른 채
서로에게 조금씩
스미는 것인데

추억으로 남는 게 아니라
숨질 때 꼭 안고 가져가는

그런 사랑이라야 하는 건데

8월의 크리스마스엔
펑펑 눈 내리지 않아도
온 세상이 하얗다

눈처럼 깨끗한
남자와 여자가
흰 눈 소복이 담은
아이스크림을 먹으면서
그저 웃는다

서로에게
크리스마스 선물이 되어
함박 웃는다

나는 공연히
늙은 까메오로 등장하여
그들 곁에서 서성인다

세금과 외로움과 죽음

살면서 절대 피할 수 없는
세 가지를
사람들은 이렇게 꼽았다
세금과 외로움 그리고 죽음

가진 게 없는 사람이야
그나마
첫 번째는 피할 수 있겠지

하루 종일
시시콜콜한 세상 얘기 퍼 나르며
날씨까지
밤 낮 일러주는 물건이
찰싹 옆에 있어
나 같은 이는
두 번째도 피할 수 있겠다

파초 같은 젊은이들이
종종 거기서 뛰어나와

춤추고 노래도 불러주니
왁자하게 여럿이 사는 것도 같고
눈호강 쏠쏠하여
웬만한 수심 따윈 그리 오래 머물지 않는다

세 번째도
곰곰 생각하니
그럭저럭 피할 수 있지 싶다
슬쩍 죽음을 따돌리는 거다

그냥 하늘로 이사 간다 생각하니
별것 아니다
어디 이사 한두 번 해 봤나

지금 있는 구닥다리부터
하나씩 정리해 보자
새살림은 그때 봐서
그 집 맞춤으로 장만하고

틈틈이
이사 준비나 해 두는 게
썩 잘하는 일일 것 같다

민들레

하늘 아래
가장 가슴 아린 성곽

교도소 담장 아래
민들레 한 송이
저 좀 보란 듯
샛노랑빛 환하다

담장 너머에
뉘 만나고 돌아가던 여인

보따리 같이 주저앉아
사철 음지에 홀로 핀
민들레를 들여다본다

같이 살자
손 잡아주던
그 봄을 떠올리는가
가물가물한

민들레의 꽃말을 더듬는가

담장을 타고
한참 올라가던 눈길
뒤따르던 긴 한숨도
더는 오르지 못하고
여인의 눈꼬리에서
이내 참았던
눈물이 흐른다

민들레를 적시고
음지를 적시고
저 성곽을 돌아
한 줄기 실개천이 흐른다

사랑 한 폭

아내와
아내의 커피맛이 좋아
점심시간 비집고 잠깐 집에 들렀다가
눈꺼풀 무거워져 소파에 기대
까무룩 잠이 든 남편

베란다에 나가 빨래를 거두어
돌아서던 아내

한나절
집 안 깊숙이 들어온
눈부신 햇살에
깊은 주름을 모으고 잠든
남편의 모습에
얼른 제 그림자를 펴서
그늘을 덮어준다

그제사 편안해 뵈는
남편의 얼굴을 바라보며

꼼짝 않고 그 자리
그늘로 멈춘 아내

남편이 깰 때까지

한 손에 빨래 바구니 들고
다른 한 손으로
잠시 우주를 정지시킨 아내

지등이 걸리는 저녁

어둑발 닿기 전
술 골목 처마 끝에 내 걸리는
호박색 등불
따스한 눈짓으로 사람을 부르는
지등을 바라보며
오늘은 네가 새로 그립다

스물에도 그 후에도
사랑아
너는 내가 눈을 뜨기 전
짙은 새벽 안개 거느리고
전투적으로 다녀갔다

태생적으로
사랑에 더디었던 나는
야트막한 시야에 오래도록 가시지 않는
한 발자욱을 보고서야
네가 다녀간 것을 알아챘다

허발치고 갔다고
너는 원망도 할 것이나
내 낙엽 같은 상심도
오랜 날이었으니
비기고 말자

지금은 찬란하지 않아도 좋은 시간
눈부시지 않아 더 좋은 지등을 보라
저토록 안녕한 빛으로
우리는 다시 만나자

오라 나의 사랑아
골목 바람과 깍지손 끼고
지등의 하얀 이처럼
우리가 웃어보자

부끄러움의 변천

세상 어디에도
부끄러움이 안전하게
숨어 지낼 만한 곳은 없었다
아주 예전에는

부끄러움도
제 나름 옷 한 벌은 점잖게 걸치고
다니던 시절이 있었다

요즈음의 부끄러움은
어찌나 용기 충천한지
굳이 숨으려 하지도
겉치레 따위로
제 모습을 가리려 하지 않는다

심지어 알몸을 드러내고
대낮을 활보하기도 한다
누가 봐도 광기 서린 걸음인데

너무 흔한 모습이라
이제는
눈을 가리거나 민망하여
고개를 돌리는 이도 없다

세상에 아무 것도
거리낄 것 없다는 저 부끄러움과
어느새 함께 살고 있으니
우리도 별 수 없이
부끄러움의 이웃이 되었다

아마도
다음 세대는
부끄러움이 무엇인지
검색창을 열어
찾아보는 사람도 있을 것이다

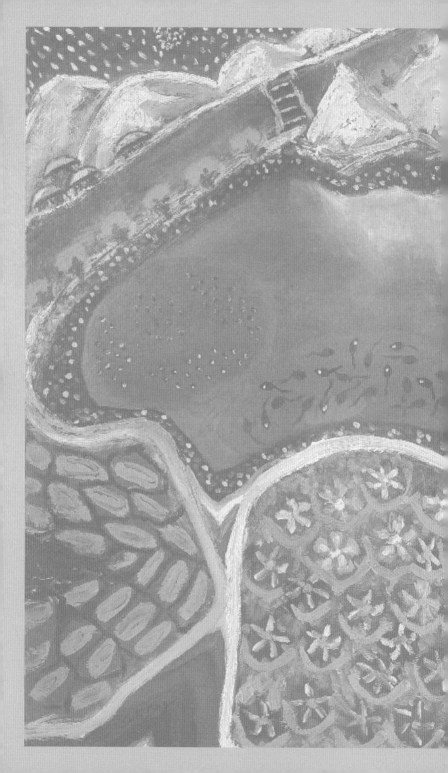

제 2 부

바벰바 족의 재판법으로

안개꽃 한 아름 떨이로 샀다.
너를 향했던 분노의 날 만큼이나
꽃송이가 많다

화병을 닦으며
아침 신문에서 읽은
바벰바 족의 재판을 생각한다

누가 죄를 지으면
잘못을 추궁하지 않고
부족 한가운데 그를 세우고
다 같이 칭찬 릴레이를 시작한다는
칭찬꺼리를 다 찾을 때까지
며칠이 걸리더라도 계속한다는

그러는 사이에 죄인은
어느덧 착한 사람으로 돌아오고
마을엔 온통 축제가 열린다는

오늘 나는 이 꽃으로
너를 재판하려 한다

한 때는 진정이었을
네 입술의 말들과
심장을 들뜨게 했던 파안의 그 웃음
그리고 불꽃같던 입맞춤에게도
칭찬의 꽃 한 송이를
이 화병에 바치겠다

축제의 잔을 말갛게 씻어 놓고
안개꽃 한 아름이
화병에 다 옮겨질 때까지
지난 날 너의 선함만을
생각해 내야겠다
이 밤이 새도록
자꾸자꾸 너의 선함만을
생각해 내야겠다

매듭을 생각한다

'마감'

열렸던 입이
성문처럼 굳게 닫힌다
때로는 엄중하게
사람을 조이는 장치

접수 마감
등록 마감 신고 마감
공과금 세금 납부 마감
투표 마감 선착순 마감

벌여놓은 일
매듭짓는 일

삶은
온갖 마감을 치루는
매듭의 긴 여정이다
하루의

마감은 또 얼마나 또렷한가
오늘 해돋이 시각은 5시 12분
해넘이 시각은 19시 44분

그러나 누구도
정확히 제 삶의 마감은 모른다

어제는
한 친구의 마감날이었다
슬픔의 예를 치루며
남은 자들은
그 삶의 매듭을 대행하였다

아무도 닦달하는 이 없지만
정한 걸음으로 다가오는 마감

다만 아름다운 매듭을
생각하며
시간을 가다듬어야겠다

뭣이 중헌디

아끼다 뭣 된다고
윗대 말씀 아니더라도
몇 번은 당해본 경험
다들 있지 않나

두 손에
가슴 한 켠에
움켜쥐고 사는 것들
언제까지
뭣 할라고

사랑이야 돈이야
용서든 화해든
유효기간 다시 읽어봐
얼마 안 남았어

이젠 아끼지 말어
아끼다 죽으면
뭣 되는 거 다 알면서

또 당하지 말고 아끼지 말어

두 손을 비워야
이제껏 못 보던
더 좋은 것들
받을 수가 있다잖아

뭣이 중헌디
내 것이란 원래 없었어
그러니 아끼지 말어

수박

때로 나는
한 여름 잘 익은
수박이고 싶다

지구의 생김새를 닮은 듯
온 몸을
울울창창 짙푸른 숲의 빛깔로 가꾸며

안으로 들어갈수록
더 환해지는 세상
그 동산엔
달콤한 샘물이 넘쳐 흐른다

제 한 몸 기꺼이 던져
한 여름 갈증의 노예들을
한 순간에 해방시키는 결단은
세상의 어느 정치가보다
낫지 않은가

잘 익은
수박 한 덩이의 삶
그의 무게를
나는 진실로 경외한다

마땅히 두 팔 벌려
받들고 싶은
헌신의 무게다

나이 드는 맛

모든 날이
다 좋았던 건 아니었어
흉한 날도 꽤 많았는데
어쩐 일인지
지금 내 머릿속엔
좋은 날들만
판화처럼 남아 있어

가진 걸 다 잃었다고
생각하던 때가 있었어
그런데 둘러보니
소중한 것들은 여전히 내 곁에 있는 걸

나이 든다는 건
그래서 고마운 일이야

아름다운 걸
제대로 바라볼 수 있는
눈을 갖게 되고

소중한 걸
분별하는 능력이 생긴다는 거야

너덜너덜한 변명의 누더기
그 동안 참 많이 걸치고
살았는데 이젠 그만
훌훌 벗어 던지고

홀가분한 걸음으로 날마다
한 계단씩 올라가 보자구
구름이 사는 쪽으로

그러다 어느 날 날개를 활짝 펴고
하늘 높이 솟아오르는
비상을 시도한다면

그게 진짜
나이 드는 맛 아니겠어

늙은 여자

늙은 여자의
가슴 속엔
수많은 별이 산다

시들 줄 모르는
청춘의 명장면들이
낡은 액자 속에서
여전히 빛나고

어딘가에 살고 있을
그립고 보고픈 얼굴들이
늘 그 자리에서
깜박거린다

어여쁘다
사랑한다 말해주던 옛 목소리
지금도 귓전에 돌며
왠지 쑥스러운 듯
한 구석에서 빛나고

오래 전
어떤 이에게
들려주고 싶었던 말들
그리고
꼭 듣고 싶었던 말들도
어느새 가슴에 박히어
별이 되어 산다

언제든 눈만 감으면
어둠속에서 환히
바라볼 수 있는 별들

늙은 여자의 가슴속엔 점점
많은 별자리가 생겨나고

가만히 들여다보니
늙은 여자의 옷장 속에도
반짝이는 별이 늘어간다

'조금'이라는 말

누구
'조금'의 정체를
아는 사람 있는가

조금만 더
라고 말할 때
우리의 욕망은
얼마나 크게 입을 벌리고 있는가

'조금'은
늘 함정이거나
때론 넘쳐
그 얼굴을 아는 사람이 없다

그러나
'조금'의 입김은
실로 무섭다
우리를 숱하게 무너뜨리고
또 일으켜 세우기도 한다

위로도

아래로도

닿을 수 없는 그 말을

어느 시인이 죽으면서 남겼다

조금 더 사랑할 걸......

'조금'은 너무 어려우시다

조금은 욕망의 다른 이름이다

후회를 덮을 때는

결코

하지 말아야 할 말이다

2인3각

서로 잃은 것 없으니
나쁘지 않은 동행이었다

둘이서
이정표 없는 길 헤매다가 가끔
발 부르트기도 했으나
한마디 불평
넘어질 뻔한 적 없으니
서로에게 많이 애쓴 거다

그러나
나와 외로움 사이에도
어느덧 관절염이 생겼는지
가끔 절룩거리며
쉴 그늘 찾느라 두리번거린다

이제 그만
제 갈 길을 가 보자고
조곤히 머리대고 상의하던 날

어지간히 닮아 있는
서로의 옆모습이 겸연쩍고 웃음 나와
다시 일어나 함께 걷는다

말은 안 했어도
둘의 발목에는 어느덧
지울 수 없는 문양이 생겼다

서로를
끝까지 버리지 않겠다는
고맙고 숙연한
다짐 같은 문양이

이별 준비

여러 가을을 돌아서야
나는 비로소
너에게 줄 가장 아름다운
이별의 문장 하나를 만들고
마침표를 찍는다

어느 사이 밖은
급히 어두워지고
여름을 뒤쫓는 가을 빗소리는
숨이 차다

검은 밤은
슬픔이 얼굴을 가리기에 맞춤하다
너와의 추억들이 하나 둘
어둠가로 나와
떠날 채비를 하며 몸을 씻는다

내일이 오면
우리의 시간은

잠시 독주에 취하였다 깬 듯
주섬주섬
왔던 길을 되돌아가리라

나는 그냥
어제의 얼굴로
담담한 아침 식탁에 앉아
찻잔을 내려놓듯이
너에게
이별을 말하리라

저녁이면 천변을 거닐며
풀잎과 시냇물에게서
우리가 함께 들었던
그 사운거리는 목소리로

이별은
풀잎에 맺혔던 이슬이
그저 땅에 떨어지는 일이야

새로 사내 하나 고르라면

새로
사내 하나 고르라면

친구 사고 소식에
그 날로 술 딱 끊고

의사 한 마디에
담배도 딱 끊고

뱃살 불어날까
에누리 없는 절식에
하루도 운동을 거르지 않는

제 시간표에
어김이 없는 사람
그런 사람은 안 고를 거야

뭐든 딱 지키는 사람이 좋을 것 같지만
그런 사람은 절대 안 고를 거야

제 여자도 어느 날
하루아침에 딱 버릴 수 있으니까

새로 사내 하나 고르라면
물 같은 남자를 고르겠어

멋이라곤 하나 없고
속은 더 없어 보이지만
그래도 뭔가 한 방 있을 것 같은

이 그릇이나 저 항아리나
아무데 담아도
거기가 제 자리 같은 사람

어느 자리에 내 놓아도
별로 모양 빠지지 않는
물 같은 남자 고를 거야

절대 내 손에

잡혀 살지 않으면서도

평생 내 골짜기를 돌아 흐르면서
과연 명산이로다 하는

물 같은 사내 고를 거야

잊혀진 사람들

가난이야
만 원 한 장 쪼개가며
어찌 버틸 수 있는데
쓸쓸함은 어떻게도
쪼갤 수 없다던 사내는
얼마 안 가
미처 치우지 못한
밥상 앞에 엎드린 채
쪽방살이를 마감했다

세상 어디든 비집고
다시 한 번
제대로 살고 싶었던지
밑줄 그어가며 공부하던
지게차 기능사 시험 문제집 한 페이지가
사내의 마지막을 지켰다

살아서 이미 모두에게
잊혀진 사람들이

머물다 떠난다는 쪽방촌

혀끝 한 번 차는 이 없는
세상 누구에게도
슬픔이 되지 않는
죽음들이 있구나

살아서
서두르지 말아야 할 것이
이별인 것을

그저 미루고
또 미루며 사는 동안
우리 서로에게
잊혀지지나 말자

편의점은 나를 사랑한다

이 골목으로 이사 온
서너 달 뒤부터 차츰
그가 나를 사랑한다는 것을
눈치 채게 되었다.
사랑하지 않고서야
스물네 시간 입안의 혀처럼
어찌 그리 내 마음을
잘 읽을 수 있단 말인가

상처받지 않으면서
솔직할 수 있는 관계란
서늘함이 적당한 가을바람 같이
얼마나 좋은 건가
그렇다고 예절을 잃어버린
사이도 아니다
벌써 두 해는 된 것 같다

천원이면 족한
적당히 달달한 커피와

정중한 식사 대용의 음료
과식을 부르지 않는 닭다리 한 개
무엇보다 내게 웃음을 주는 건
앙증맞게 포장된
화장지 한 쌍이다.

때론 경비 아저씨를 대신해
택배를 받아 챙겨 주고
더위가 끈적이는 밤이면
외국 맥주 이름 하나를 가르쳐주면서
이거 한 잔 마시고 나면
더위가 떨어져 나갈 거야
하며 테이블로 이끈다

어느 새벽
꿈이 좋았던 날이면
자기야 혹시 누가 알아
복권 한 장 사 두는 게 어때?

가끔은 나를 더욱 더 사랑한다면서
이런 암호를 보내기도 한다.
2+1 1+1

어느 날 그가 이 골목에
많은 애인을 거느리고
있다는 사실을 알았지만
상관없다
그는 능력자니까

원비

다녀왔습니다

어린 종달새 한 마리
포르르
깡마른 품에 날아들어
종달거리다 문득 생각나
할머니 이거
유치원 선생님 편지를
갈퀴손에 쥐어준다

어려우시겠지만
밀린 원비 보내주세요
나비반 선생님

수제비 뜬 저녁 상머리
꾀죄죄하니 잠든 손녀의
이마를 쓸던 손이
허리춤서 꺼낸
꼬깃한 종이돈 몇 장을

다리미로 문지른다

다녀간 지 한 해도 넘었던가
남녘의 어느 파도 곁에서
떠돌고 있을
손녀의 에미 생각에
뿌옇게 가리는 눈 비비며
가난한 노동의 주름을 펴는
할미새

이튿날
선생님 이거
할머니가 갖다 드리래요

햇살이 먼저 등교한
나비반 선생님 책상 위엔
밀린 원비에 턱없이 얇은 봉투와
그 옆에 수줍은 듯
'원비' 한 병이 나란히 놓였다

그라믄요

늙은 여자가
방 한 칸 세들면서
주인에게 물었다

나 이 집에서 죽어도 되지요

그라믄요

비슷하게 늙은 주인 남자가
선뜻 말을 받아 주었다

그 말이 고마웠던지
얼마 후
그녀는 세상을 떠났다
그래도 그렇게 서두를 줄이야

자식들이
그녀가 쓰던 방에
벽지와 장판을 갈아주겠다고 하니

그냥 둬요

주인 남자는
그녀가 가끔 볕을 쬐던
의자에 앉아 대꾸하며
여기서 죽어도 되냐고
미안한 얼굴로 묻던
그녀를 떠올린다

삶과 죽음이 한 몸이거늘
그리도 미안해 할 일인가

비가 그치면 해가 나오듯
그저 그런 건데

어리석음에 보내는 감사

어리석게 산 것이
나는 다행이다.

약빠르게
손해와 이익을 알아차려
다른 이보다 많은 걸
움키고 살았다면
가진 걸 놓칠세라 두려워
나는 아마 그것들의
인질로 살았을 것이다

왠지 켕기는 게 있어
세상에 대놓고 큰소리 한 번
내지르지 못하면서
따로 믿는 구석 있어
우월한 인종처럼
아무나 업수이 여기며
살았을지 모른다

속아도 속은 줄 모르고
빼앗겨도 잃은 게 없는 듯
다행히 결핍에 무디어
어리석은 삶의 뒤란엔
언제부터
너른 텃밭 하나 생겼다

아무 것도 원통하지 않아
그저 평안한 그 여백에
생각나는 대로 선량한 씨앗을 뿌리고
힘써 가꾸며 사는 일
얼마나 다행인가

나의 지인들 아무 때나
그 뒤란에 찾아와
그리 불편하지 않게
머물다 갈 수 있다면
나는 감사하련다
내 어리석은 삶에게

굉장한 떡볶이

멀쩡한 어른이
날마다 교문 앞에서
'좋은 아침'을 외치며
등교하는 학생들에게
하이 파이브를 한다

어느 아침
누군가에게 다급히
제 마음을 알리고 싶은
한 소녀가 그 어른에게
쪽지 한 장을 건넸다
죽고 싶어요

어른은 답장을 보냈다
죽기 전에 우리
떡볶이나 같이 먹자

두 사람은 그렇게 만나
말없이 떡볶이만 먹다

소녀가 드디어
오래도록 우겨 삼켜왔던 이야기를
조금씩 꺼내놓기 시작했다
두어 시간 어른이 한 일은
소녀의 말끝마다
그저 고개를 *끄덕끄덕*
해 주는 일뿐이었다

세상에서 처음으로
내 얘기 귀 기울여주는
어른을 만난 소녀는
그제야
숨이 제대로 쉬어졌다

두 사람은 종종 만나
떡볶이를 먹었다
어느 날 소녀가 말했다
아빠라고 부르고 싶어요

그러렴
나는 아들만 두 놈 있어

아버지와 딸은
떡볶이를 사이에 두고
울음 같이 웃었다

내가 좋아하는 사람

장난삼아 거짓말을 해도
찰떡같이 믿고
사소한 농담에도
뒤로 넘어가며 웃느라
스무 개도 넘게 치아가 보이는 사람

오 분쯤 얘기하다 보면
어느 사이 제 속을 다 내주고
비 개인 하늘처럼 쨍한 사람
그런 사람이 나는 좋다

살아온 내력
눈빛에 고스란히 담겨 있어
아무것도
물어보고 싶지 않은 사람

웃음과 눈물 자리
어느 서먹한 자리도
굳이 낯을 가리지 않는 사람

다른 이의 근심 때문에 잠이 잘 안 오고
다른 이의 아픔에 목이 메어
때를 거르기도 하는 사람
그런 사람이 나는 좋다

날마다 담을 쌓고
비밀의 텃밭을 가꾸며
살아가는 사람들 틈에 가려
눈에 띄지 않아도
그 향기가 결코 감춰지지 않는 사람

그런 사람이 나는 좋다

아버지의 꽃밭

쉰을 갓 넘어
소질 없는 돈벌이를 피해
일찌감치 아랫목 동굴 속으로
들어간 아버지
눈발 치는 겨울이면
어둠보다 먼저 일어나 길을 쓸었다
멀리 병원을 가로질러
타박타박 오고 있을 누군가를
기다리는 초조함이었다
매화바람이 당도해야 비로소
굴 밖으로 나선 아버지
어머니를 졸라 몇 차례
꽃시장에 다녀오고
담 밑의 흙을 깨워 오랜 기다림의
살점들을 옮겨 심었다
그 의식은 너무도 다정하고
조심스러웠다
겨우내 앙상지던 사내가
꽃밭에서 허리를 펴고

비로소 하늘과 눈을 맞추며
웃는 것을 보고
우리 가족은 되려
먼발치서 봄을 살았다
꽃밭은 처녀 같이 자랐다
여기저기 꽃잎의 문이 열리고
색색의 향들이 쏟아져 나와
여름 내내 긴 머리채 흔들며
춤추었다
낮밤 없이 그들만의 성채에서
아버지는 한 해를 다했다

동굴이 사라져버린
그 겨울에도 눈은 푹푹 내렸으나
우리는 아무도 눈을 쓸지 않았다
꽃밭은 곧 아버지를 따라갔다
아버지는
꽃밭의 유일한 혈육이었다

모두가 사라진 것은 아닌 달

됐다 그만 가거라
뿌리들이 손을 툭툭 털 때마다

잎들은 마른 날갯짓으로
새로운 세상에 착지한다
혼자 가야 하는 길
수만 개의 팻말 앞에서
잎들이 길을 묻는 소리로
하늘 아랫동네가 온통 수선하다
발 빠른 낙엽 몇 장이
전 생애 들끓던 열애의 시간에
일별도 하지 않고
바바리코트를 입은 흰머리의
사내를 따라간다
갓 칠한 공원의 등받이 의자에 앉아
잠시 머무르기도 하고
더 높고 험한 길을 찾겠노라
풍문의 꼬리를 쫓아 재빠르게
달려가기도 한다

모두가 사라진 것은 아닌 달*
사람들은 저마다
마지막 남은 외로움의
날을 시퍼렇게 벼리면서
목까지 끌어올린 새벽 이불 속에서
비로소 혼자 떠날 엄두를 내 본다

지금은 서로가 손을 잡는 것도
무거운 시절
길 위의 모두가 혼자다

---

* 인디안 부족들이 부르는 11월의 다른 이름

Largo**로 흘러라

12월은 Largo로 흘러라

붉은 카펫 위를 걸어 들어가는
신부의 걸음으로 하루를 시작
잊혀졌던 일들 하나씩 들추어
버리고 갈 것과 가져갈 것을 간추리고
벌써 희미해진 추억에는
덧칠이라도 한 번 해 두자

바람 부는 또 하루는
휴대폰을 잠근 채 기척 없이 누워
중심을 가누며 흔들리는
저 나무들의 나이테를 생각하자
끝내 한 획이 되지 못한
꿈을 불러 모아
섭섭함이라도 마냥 나누고 헤어지자 말하자

** Largo(라르고) 아주 느리게(음악 용어)

성탄나무 꼭대기에
어느덧 크고 작은 별들이 켜지고
오색등이
좁쌀만 한 눈을 꿈쩍이며
썰매를 기다리는 밤이 오면

나는 수취인 불명으로 되돌아온
편지를 모아
내 그리움의 단서를 모두 불태우리
환한 날개 하나씩 달고
어둠 속 멀리 날아가게 하리

저 강에 닿으면
마땅히 사라지는 것을
잠시 기억의 봉우리 쌓았다 허물고
또 쌓아 올리며 회한을 다잡는 동안

12월은 Largo로 흘러라

제 3 부

부록의 시간

창밖에는
처서 장맛비
가을은 서둘러
밑그림을 그리기 시작하고
여름은 제 본색을
빠르게 지워갑니다

시간은 어김없이
오늘이라는
한 페이지를 넘겨줍니다
나의 생애도 절로
또 한 쪽 늘었습니다

한 권의 생애를
돌이켜 읽는다는 건
장장한 그리움일 뿐
거미줄보다 약하여
잡을 수 없는 아련함입니다

빈손을 거두다 문득
아, 그랬었지
별책 부록이 더 좋아
책을 샀던 기억이 떠오릅니다

다가오는 시간일랑
괜찮은 부록이 되어도
좋겠다는 생각이
불현듯 자리합니다

달랑 몇 쪽이 될지 모르지만
지나간 페이지보다
조금 더 아름다운
부록을 만들어야겠다 생각하니
몸 속 여기저기서
환하게
불이 켜지기 시작합니다

마당

당신은
마당을 기억하시나요

주인네와 삽살개와
이웃과 행상 나그네
동냥쟁이도 함께 밟아
곱게 다져진
지구의
맨살을 기억하시나요

좁은 방구석에서
먼지 피울 때면
어머니 던지시던 한 말씀
마당에 나가 놀아라

땅따먹기 공기놀이
고무줄넘기를 하고
빨래와 이불과
고추랑 나물을 널어놓고

장독대 한 옆에는
대가족으로 붐비던 꽃들이
벌 나비 불러들이고
개미와 두더지 무당벌레
바람과 햇빛과 목소리들이
함께 어울어지던 작은 성지
마당을 기억하시나요

자리 하나 펼치면
슬그머니 술판이 시작되고
어느새
머리 위에 쏟아지던 밤하늘은
맑은 이슬로 내려
밤새 촉촉해진
그 마당을 기억하시나요

지금은
마당을 잃어버린 시대
우리가 서로에게

작은 마당이 되어준다면

이리 저리 부대끼며
마음 휘둘린 날
아무렇게나 신발짝 끌고
맨땅을 서성거리다
들숨 날숨이라도 크게 뱉으며
마음 추스릴 수 있는
우리가 서로에게
마당이 되어준다면

작은 방을 나서
막막한 바깥세상 디딜 때
몇 걸음이라도 받들어주는
우리 서로 누군가에게
이슬 촉촉이 머금은
마당이 되어준다면

어깨의 쓸모

지하철 옆자리
사내는 앉자마자
뭉크의 절규만큼
턱을 떨어뜨리고 잠들었다

발밑에 던져 놓은
묵직해 뵈는 낡은 연장가방
가랑이 사이에 장우산이 서서
고단한 주인을 지킨다

서너 정거장 지나
점점 내게로 쏠리는
사내의 체중
이윽고 아주 편히
내 어깨에 머리를 기대고
가늘게 코를 곤다

청죽 같은
사내의 손마디에 눈이 간다

아마도 여기저기 다니며
많은 사람들의
집을 지어주거나 고쳐주며
살아온 듯

곤히 잠든
사내를 차마 깨울 수 없어
내릴 곳을 지나쳐
몇 정거장을 더
나는 사내에게
좁은 어깨를 빌려주었다

고단한 사내가
달콤한 꿈 한 채
단잠 속에서 짓기를 바라며

인공눈물을 흘리며

사람에게서 나오는
가장 영롱한 것

눈물의 역사는
한 사람의 서사시

태어날 때
인생의 시작을 고하며
눈물을 흘리고
마지막 날엔
종료를 알리는 한 줄기
눈물이 뺨을 타고
흘러내린다 한다

기쁜 일 슬픈 일
아프고 서러운 일
눈물이 있던 삶의 지점
뒤돌아보니
모든 눈물의 때가

진정한 삶의 서사였다

악인에게나
어리석은 이에게나
공평하게 주신 것 중
가장 참에 가까운
눈
물

이제 그 눈물
점점 잦아들어
하루에도 몇 차례
가짜 눈물을 넣으며
마르고 침침해진
눈망울 어룬다

더 이상의
서사는 없어도 된다는
자연의 암시다

내 더운 눈물이

그다지 필요하지 않은

홀가분한 시간이 찾아온 것이다

아파트는 모른다

스레트 지붕이
좁은 이마를 맞대고 있어
비가 암만 와도
활짝 우산을 펼 수 없는 골목

우산을 반쯤 펴고 가다
마주 오는 이를 보면 서로 죄송하여
옆걸음으로 비켜 가던 그 골목
어디로 사라졌는지
아파트는 모른다

그 골목 끝에
대포알처럼 굵게 쏟아지던
공용 수도 물줄기
오백 원에 한 양동이
맞전 내고 물 길어
밥짓고 뒷물하던 사람들
어디로 갔는지
아파트는 모른다

끼니때면
밥 익는 내 장 끓는 내
골목을 덮쳐도
정작 뉘 집이 끼니를 거르는지
알 수 없는 골목

공중화장실 앞에 차례를 기다리며
새벽부터 늘어서던
배암 같이 기인 줄이 어디로 사라졌나
아파트는 모른다

피 같은 물에
얼룩진 얼굴을 헹구고
도시의 찬가를 위하여 새벽을 나서던 사람들
모두 어디로 갔는지
아파트는 모른다

나의 배역

사람은
나이로 사는 게 아니라
매 순간 제 역할로 산다

인생이라는
참으로 긴 영화에 여전히
나는 지금도 출연 중

각본을 쓰시는 이가 뉘신지
가끔 다른 이의 역할을
넘보기도 했으나
나는 지금 내 역할이
그리 억울하지 않다

나름 열연하며
살아왔으니
몇 개의 별점을 받을런지

오늘은

한적한 시골 마을
봄 꽃 어여쁘고 바람 냄새 좋은 동산에서
춥고 외롭게 살다 떠난
한 선구자를 추모하며
찔레꽃을 불렀다

듣는 이 마음을
잠시라도 따듯하게 울리는 것이
내 역할이었는데
그곳에 모여 앉은 많은 이들 얼굴에서
모처럼 해맑은 어린이를 읽었다

연출자께서
오늘의 장면은
크게 나무라시지 않을 듯 싶다

원산지

식당 벽 한쪽
손님들 잘 보이는 곳에
붙여 놓은
식자재 원산지 표시판
소고기(미국산)
고등어(노르웨이산)
쌀(국내산)
배추(친정 엄마)
고춧가루(친정 엄마)

주문한 음식을 기다리며
무심히 읽어 내려가다
특별한 원산지에
눈길이 멈춘다

친 정 엄 마
네 글자 속에
선뜻 와 닿는 노고와
듬뿍한 자랑이 보인다

빛깔 고운 양념김치가
유난히 맛깔나 보인다

까맣게 잊고 살았는데
이 몸 원산지 또한
친정 엄마 아닌가
그래, 세상 만물이 모두
제 원산지가 있었지

여주인과 인사 나누고
밖으로 나오니
커다란 눈송이가 날린다
이제 막 날갯짓 시작한
나비 떼처럼
밤하늘이 원산지인
하얀 눈송이가
어둠 속에 분분하다

한 겨울

뾰족구두 신고 돌아다녀
꽁꽁 언 내 발을
가슴에 품어 녹여주시던
친정 엄마

나의 원산지가
몹시도 그리운 밤이다

사람

이 좋은
운명이라 하는
만남과 헤어짐을 거푸 치르다
그 한 살이가 끝난다네

사랑과 이별이 지나면
노래와 시를 짓고
세상 어느 새 소리보다
아름다운 날숨으로
휘파람을 분다네

기쁨을 만나면
이웃을 청하여
술과 떡을 나누며 웃고
부끄러움을 만나면
얼른 제 몸을 감춘다네

미움을 대적하려
부지런히 욕설을 만들고

그러다 돌이켜
그 미움을 위해 기도하며
뉘우침을 갖는다네

측은 앞에 가슴 에리고
쓰러진 이를 두고
그냥 지나치지 않는다네

제 손톱 끝 만한 벌레와 마주치면
흠칫 물러서면서
옳다 하는 일엔
목숨을 지푸라기마냥 태우기도 한다네

절망을 만났을 때
희망으로 뒤집는 그 힘은
참말 경이로운데
하나님은
여전히 후회하신다네

이 종은
보이지 않는 곳에
무서운 가시가 있고
여기저기 구멍 숭숭하여
늘 위태롭기 짝이 없는
실패한 작품이라고

좋은 생각 하나 높이 걸어놓고

새 것에서는
항상 새 것 냄새가 난다

새 옷이 그렇고
새 신발도
새 가구에서
새 사람도
새 것은 처음 향기가 있다

아직 손때라는 것이
묻지 않은 새 것 냄새
누구나 새 것을 좋아하는
이유다

내일이 새해라는데
어디서도
새 것 냄새가 나지 않는 것 같다
진짜 새 것일까
어떤 이는 의심하며

선뜻 갖고 싶지 않은 눈치다

에이 그래도
새 것임에는 분명할 테지
우리가 미리
설레임을 포기하지는 말자

마음 다잡아
좋은 생각 하나 높이 걸어놓고
세상 일 모르는 듯
짐짓 설레임을 가져보자
가슴속
먼지라도 훌훌 털어보자

허수아비의 노래

나는 저 높은 하늘의 총애자
남루는 있을 수 없다
언제나 풍요만을 아뢰지

지난 여름은 내게
뼛속이 녹아내리는
혹독한 사랑법을 가르쳐주었지
비와 바람의 거센 화음도
어느새 익혔으니
이젠 내 영혼 허기질 일도 없다

외발잡이 혹여
위태한 방랑객 될까
굳건한 목발을 주셨으니
일생 뉘 앞에 무릎 꿇은 적 없는 삶
천지에 무엇을 더 자랑하리오

은총의 벌판은
내 무릎 앞에 엎드렸고

이제 저만치 오고 있는
어둠속 찬서리의 행진을
나는 도도히 기다린다

누리에 살아있는 것들의
환한 입김을 바라보는 일
그 얼마나 좋은가

투명하게 창을 닦고
가을을 내다보는
사람들의 웃음소리가
계절을 건너가겠지

새들이여
오늘 저녁 날아와
내 어깨를 주물러다오
별들이여 너희도
이 벌판에 가득히 쏟아져
한판 잔치를 벌이자

그 섬

오늘은 드뷔시의 '작은 배'를 타고
그 섬에 간다

가까이 다가가려 하니
섬은 어느새
시든 저녁 빛 보호색을 띠며
어둠이 되려 한다

손을 뻗으면
닿을 듯도 한데
어쩔 수 없이 경계를 가리키며
오늘도 물러서는 섬

돌아서는 길
허기지고 섭섭함이 막무가내하여
뱃머리에 서서 하늘 향해
큰 소리로 외친다

폭풍이여 오라

사납게 달려와
오늘 밤 저 섬을 바다 깊이 묻어라
다시는 솟지 못하게

그러나 날이 새면
그 섬의 안부가
제일 먼저 궁금하다

하루같이 바라보면서
닿을 수 없는 섬
아주 멀리 가지도 못하고
자꾸 뒤돌아보는
내 사랑의 쓸쓸한 처소

다행히 그 섬에도
피고 지는 꽃들의 행렬은
철따라 어련하다

꽃들의 식사법

한 끼는 노래를 먹고
한 끼는 시를 마신다
때로는 저물어가는 하늘
노을 한 사발도
한 끼 식사로 충분하다
가끔
생각이라는 걸 멈추고
간헐적 단식도 하지만
아무런 결핍 없이 산다

근심 걱정 분노 따위로 과식하여
더부룩한 속을 쓸며 다스리느라
잠 못 이루던 날이 숱하였는데

일흔 즈음에야
가려 먹을 줄 알게 되었다

꽃들이 향기를 만들기 위해
무얼 어찌 먹는지

겨우 알아차리게 되었다

천지가 제 시절
향기 만발하는 날에도
꽃들의 식사법은
그 조촐함이 경이롭다

연기의 무게를 구하는 공식

셈을 잘 하는 어떤 이가
텔레비전에 나와
담배 연기 무게 구하는 공식을 말한다

한 개피의 무게에서
타고 남은 재와
필터의 무게를 빼고 나면
연기의 무게라고

삶은 느닷없어
키 크고 잘 생긴 꽃가게집 과부댁 외아들을
하룻밤 새 업어치기로 이승에서 내쳤다

사람이 한 줌 재가 되는 시간은
채송화 시드는 시간보다 짧았다
스물여덟 장대 같은 청년은
뭣도 모르는 꽃분홍색 보자기에 싸여
강가로 향했다
잠시 모태를 다녀간 허깨비가

바람과 강물을 따라 흘러갔다

그러니까
저 몽글몽글 피어오르던
연기의 전생은
애끓고 몸 시리던
아롱이다롱이 같은
하루 하루 우리네 삶이다

이 몸의 무게에서
나중에 남을
저만큼의 무기질을 빼고 나면
아, 나는
어디에도 부려놓을 데 없는
무거운 연기

이제 우리 모두
저 허공에서 다시 만나
또 한 번 붐빌 것인가

발바닥 서신

노비 같은
나의 왕녀여

태어날 때는 나도
여느 살과 같았습니다
어머니 입 안에서 놀기도 했지요

수 천 번 넘어지면서
정해진 내 자리는
세상에서 가장 낮은 자리
한 평생
받들라는 숙명이었지요

무겁고 힘든 어느 날
마룻바닥이 가만히 일러 주었지요
어서 어서 무디어져라
기쁨도 슬픔도 모르는 나처럼

돌산을 오르내리고

급한 물살을 만나 버둥거리고
뜨거운 모래밭 길을 건너며
살아온 나날
고스란히 새기는 것도
내 할 일이었습니다

눈물 흘린 날 많았으나
섧지 않기로 다짐한 것은
세상에서 유일하게 나를 찾아와
날마다 어루만져주는
어여쁜 두 손
그대 헌신적인 사랑과
위로 때문입니다

죽는 날까지
이 낮은 자리에서
여느 살과 한 몸 되어
옥체를 받들고
날마다 그대 만나는 기쁨으로만

나는 살 것입니다

두 손이여
사랑하는 나의 왕녀여
부디 건강하시기를

그 인간

수 십 년 부리던
어깨를 동여매고 모임에 나와
한두 번 설거지 도와주고는
여기 저기 힘들다 생색내는
그 인간 싫어
한쪽 팔로 살림한다는 친구

이른 나이에 대기업을 나온 남편
온갖 공연 프로 일정을 꿰고
무료 입장만 찾아다니는
그 인간 싫어
절대로 동반하지 않는다는 친구

평생 숫자놀음하다 은퇴하고
집밖에 모르는 남편
집안 어디에서든
숨막히는 그 인간하고
가장 먼 거리 확보를 고심하며
대각선의 자리만 찾는다는 친구

돌아가며 한참을 떠들다 우리는 일어섰다
그 인간 저녁밥을 짓기 위하여

한때 사랑이겠지 하다가
점점 사랑이 아닌가 싶다가
지금은 한 몸일 수밖에 없는
그 인간

청원

애시당초
나는 이 땅에 던져진
당신의 질문이었습니다

그리고
휘청이며 살아온 나날이
바로 그 해답이었습니다

다행히
바람에 꺾이지 않고
떨어진 자리에 뿌리내려
용케 꽃피워
두셋 열매도 거뒀습니다

숨 쉬는 시간 모두 엮어
당신의 질문에 바쳤으니
이제 더 이상
내놓을 답은 없습니다

시간을 벌 수 있는
작은 담보조차
마련할 주제가 못되오니
질문자여
이쯤에서 당신께
작은 청이나 드려봅니다

일회용이라도 좋으니
어디든 날아갈 수 있는
날개 하나 갖고 싶군요

그 자유로운 옷 한 벌
얻기 위하여
수 만 시간
손은 발이었고 머리도
발처럼 뛰었습니다

이런 날 기다려
가슴은

언제나 바람을 익히며
살아왔습니다

엎드려 간절히
청원하오니
이제 이만하면 나에게
날개 하나 주십시오

빙판길

늘 빙판길은
우리 발 아래 있었어
몰라서 그렇지

어느 님 덕분에 가끔
푸른 잔디밭 길만
걸어온 사람도 있다지만
마른 길 더듬더듬
헤매며 걸어온 사람
피할 곳 없어 젖은 길만
절벅절벅 걸어온 이들도
참 많아

매번 넘어지면 일어서고
또 넘어지며 미끄러지는
빙판길을
평생 걸어온 삶도
나는 더러 보았어

눈이 좀 쌓였다고
눈 앞에 바로 빙판이
고약하니 누워 있다고
그리 겁내지 마
돌아보면 우리네 삶은
언제나 아슬아슬한
빙판 위였으니까

그래도 뉘신지
빙판을 설계하신 이가
잠시 수놓아 펼쳐놓은
이런 빛깔 저런 무늬의
주단길을 만나
운 좋게 여기까지 온 거야
생각해 봐
어느 틈새로 미끌어져
넘어진 적 왜 없겠어
그래도 털고 일어나
오똑하니 걸어온 당신

이 행운은
지나는 이 누구라도
손잡고 머리 숙여
고마워해야 할 일이야

어쩜 너무 짜릿하게
감동적인 길이었잖아

1분 동안

반백의 머리에 털모자 얹고 자전거를 끌고 가는
할머니와
북풍에 파르르 몸을 떠는 잠자리 날개 모양 진분홍
꽃잎
이십 리터 가득 찬 쓰레기봉투
곁에 쓰러져 있는 붉은색 소화기
아직도 어리둥절 철모르는 은행나무와
목을 빼고 임자를 기다리는 가판대 일간지
방금 떠난 이에게 버림받은 버스정류장 의자 밑
빈 담배갑
텅 빈 하늘색 공중전화 박스 때 낀 유리에 붙어 있는
날벌레 시체
사이판으로 함께 떠나자며 웃어주는 광고 포스터 속
여인
꽃내음이 폴폴 날리는 갓 구운 케익 냄새 한 다발
버려진 가구 위에 홀로 앉아 거리를 관망하는
긴 수염 검은 고양이 양반

어금니 하나 장례 치루고

치과를 나와
천천히 걷는 일 분 동안에 만난
그들과 각별히 인사했다

모두가 어느 한 구석에
도장처럼 찍혀 있는
애잔스러움

말랑말랑함에 대하여

잠든 아기를 들여다보니
말랑말랑함이 전부다

아기는 지금 구 할이 물이다

방안 가득 물소리 찰랑이고
세상이 아기에게 비단처럼
스민다

한 때는 나도
푸른 하늘 눈부심을 감당할 수 없어
작은 몸으로
그늘에 비켜서
새소리 물소리 바람소리에
중심을 다
내어준 적이 있었지

그 때는
누구라도 내 안에

깊숙이 스며들어
싹을 내고 꽃을 피우고
숲이 되던 시절이 있었지

늙는다는 것은
안으로 흐르던 물소리
점점 잦아들고
어느덧
제 껍질만 두터워지는 일

비상구는 허물어지고
그 무엇도 스며들지 않는
철갑의 껍데기를 입고
이만하면 잘 맞는다고
딱딱하게 웃는 일

제 **4** 부

안녕 구구치킨

오랜만에
옛 살던 동네를 지나다 보니
한 때는 우리들의 정거장
구구치킨이 사라졌다
순간 아득하니
그리움이 휘청했다

저녁을 어디서 하든
집으로 가기 전 우리는
으레껏 구구역에서 하차했다
3층 볼링장 손님이 몰려들기 전까지
구구역은 우리에게
세상에서 가장 편안하고 외딴
한 채의 시공이었다

언제나
수줍은 낯끝으로
우리를 반기는 역무원에게
술보다 먼저

'사랑 그 쓸쓸함에 대하여'를
주문하고
오롯이 별실을 차지하고
몇 차례 잔을 부딪치고 나면
물리지도 않는 옛사랑 이야기를
한 켜씩 꺼내었다
매번 애틋함을 부풀리면서
우리는 시간의 반대 방향으로
잔을 돌렸다

이미 우리 중 누구는
귀가 어두워가고
누구는 눈이 멀어가고
장기가 무너져갔으나
때론 아무 말 않는 것이
고마운 일이라는 것 쯤
흘러가는 것들이야
바라만 보는 게 옳다는 것 쯤
서로가 알고 있기에

다만 지금의 취기가 더 없이
향그럽고
기분 좋을 따름이었다

사랑 그 쓸쓸함의 노래가
잦아들고
왁자하게 볼링장 손님들이 들이닥치면
그제야 우리는 일어나
선선히 구구역을 나섰다

불빛도 지쳐가는 길 위에서
취기가 깨는 것을 섭섭해 하며
우리는 제각기 집으로 향했다
이별을 감추고
안녕만을 말하면서
흩어지는 바람처럼
서로에게 손을 흔들었다

제2운천교

제2운천교
버스 정류장
도착 예정시간은 멀었고
버스카드 잔액은 960원
가방 속 털어
버스비 손에 쥐고 앉아

어깨 쳐진 글씨로
병천아 나 왔다 간다 <u>으흐흐</u>
시간표 옆에 낙서를 보고
그 누구 생각이 나
가만히 웃는데

유모차를 밀며
많이도 등 굽은 노인이 다가와
곁에 앉는다
할머니 어디 가세요
그냥 말을 붙였더니
삼백 원만 달란다

그걸로 뭘 하시게요
저기 가면
삼백 원 주면 맛난 게 있다며
점심을 놓쳤다고

차비만 달랑인데
후끈 등이 달아
가방 구석을 찬찬히
다시 뒤져보는데
아, 내게도 간절한 삼백 원
삼백 원이여
그런데 어찌된 일로
가방 안에 숨어 있던
동전 세 잎

삼백 원을 쥐어주는 내게
고맙다고 고맙다고
유모차와 걸음마를 떼며
다시 길을 가는 노인

할머니와 유모차와
병천이 친구와
나와 삼백 원이
그다지 섭섭지 않게 지나간
봄 날 오후

햇살바람
어제보다 따스해진 제2운천교

옥자네 엄마들

큰엄마 둘째 엄마 넷째 엄마까지
엄마를 여럿 둔 내 친구 옥자
그러니까 옥자 엄마는 셋째인 셈
영화배우 김승호를 닮은
옥자 아버지는 양복신사
무진회사 사장

둘째 엄마 소생
키가 후리후리한 오빠는
대학생 차림으로
종종 여동생들을 보러 옥자네를 들락거렸고
겨드랑이께 치마꼬리 여민 품새가
예사롭지 않은 넷째 엄마의 어린 남매도
가끔 옥자네서 지냈다

여러 여자가
한 남자를 바라보며
우호적으로 살아가는 게
남들 눈엔 희한했는데

생산은 못했으나
호적을 차지한 첫째 엄마
장손을 낳은 둘째 엄마
딸만 내리 셋을 낳다
밑으로 아들 둘을 얻은
살림꾼 옥자 엄마
젊은 나이에 수완도 좋은
다방 마담 넷째 엄마
모두 제 나름의 지분이
확실했던 게 아닌가 싶다

싸움 따위를
함부로 생존의 기술로 써먹지 않고
욕망의 바다에 살면서
딱 자기 지분만큼만
누리며 살던 그네들

생각해 보니
대단한 삶의 고수들이었다

무심천

천둥 우는 밤
가시나무 숲에 갇혀
떨며 지새우던 다음날 아침에도
무심히 해 뜨고
꽃눈 열리고 새들 노래하며
바람 부는 일이여

그 때문에
하루쯤 더 주저앉아
망연한 날도 있었으나
그 무심함의
손길이 아니었다면
누가 우리의 울음을
멎게 하리오

때로는
삶의 막다른 골목에서
무제한급의 고통을 만나
붉은 주먹 하나로

맞짱 떠야 할 때도
아마츄어 인생의 유일한 후원자는
오로지
저 무심함의
줄기찬 응원뿐이리

저토록 묵묵하게 흐르는 것의
끝자락에 매달리어
오늘도 우리는
또 하루치
다른 세상으로 흘러간다

너무 늦은 기도

주여
시간의 잔고가
얼마 남지 않았나이다
더 늦지 않게
당신의 가장 귀하고 아름다운
선물을 내게 허락하소서

전 날에 알지 못했던 슬픔과
돌보지 못했던 아픔에 눈 떠
새로운 눈물을 흘리게 하소서
체온보다 더 뜨거운
눈물을 가르쳐 주소서

발 밑에 뒹구는
하찮은 잎새들의 푸르른 날과
몸이 기울도록 폐지를 싣고 가는
저 낡은 수레의 사람
추위 속 과실 서너 무더기에
삶을 기대고 앉은 무릎과

시장 입구에 서서 종일
천국의 안내장을 흔드는
병든 여인의 손
그 겸허한 풍경에
머리 숙여 경배하게 하소서

강물처럼 흘러온
유행가 가사의 가르침을
가슴에 받아 적게 하시고
메마른 연민의 자리에
분홍색 새살이 돋아나
구석진 어느 슬픔
어느 아픈 자리라도
달려가 보듬게 하소서

헤아리지 못하는
당신의 축복을 감사하며
나를 받쳐준
세상의 어여쁜 이름들

하나씩 부르며 걸어갈 때
주여
내 발걸음이
심장보다 먼저 멈추지 않게 하소서

그리고
작별의 일은 아주 가벼이
가지 끝에 앉았다가 날아가는
한 마리 나비이듯
이 땅 위에 어떤 흔적도 말고
잠시 머물렀던 자리
한줌의 온기로 남게 하소서

그믐 밤

하늘은 먹장 바다
풀벌레 울음도
시나브로 기어드는 밤

잠을 놓치고
마당을 홀로 서성이는 아버지 뒷짐에
대롱대롱 매달린
술고픔

어머니
모르쇠로 잠든 척
짐짓 코골이 하시지만

다 안다
부뚜막 선반 위
육모 소반에 앉아 있는
노란 주전자는

제 딴에도 삶의 요철이 있어

이리저리 찌그러진 노란 술주전자

어머니의 머릿속에도
아버지의 머릿속에도
환한 보름달로 떠 있는
노란 술주전자

아무도 잠 못 이루는
그믐 밤

앞장

길을 나설 때면 언제나
맨 앞에 가시던 아버지

한 발짝 뒤에는 어머니가
그 뒤를 동생과 나는 졸래졸래
아버지 뒷모습이
그저 우리에겐 길이었다

어딜 가든
어머니가 앞장서는 일은
결코 없었다

낯설고 험한 길
한 번도 가보지 않은 길에
망설임 없이 앞장서던 아버지
그 이름 뒤에
두려움과 외로움을 감추고
한 평생
우리들의 척후병이었던 남자

작은 체구에
생활력은 더 허약했으나
방패의 소명은
결코 버리지 않았던 아버지

세상에서 가장 견고한
그 이름을 걸고
처음 살아보는 인생을
마치 다 알고 있는 듯

길 없는 길을
언제나 앞장서 가시던
아버지

편안한 시절

화장실을 가려면 먼저
바깥 날씨 눈치를 살펴야 했던 길갓집
궂은 날에는 우산을
눈 오는 한 밤엔
오리털 점퍼를 껴입고 나섰다

오래된 구조의 그 집에
세 들어 살기로 했을 때
나는 불편함에게 다가가
선뜻 악수를 청했다
불편함도 편리함도
우리가 사는 동안
피할 수 없는 친구가 아니던가

주인 여자는 나를 볼 때마다
미안한 얼굴로 인사했다
누추한 집에 살아주셔서 고맙습니다

안동에서 나고 자랐다는

그녀는
늘상 언행이 고귀했다
달세를 건넬 때마다
잘 쓰겠습니다 고맙습니다
인사가 극진했다

그날은 둘이서 술 마시는 날이 되었다
뜻밖에 술을 사랑하는 그녀를 위해
나도 한 달에 한 번은
소주잔을 기울였다

칠십을 바라보는 우리는
동갑내기였으나
서로 존칭을 잃지 않았고
내 불편함은 어느덧
그녀의 고귀함에 묻혀버렸다

여름엔 눅진 창문이 열리지 않고
겨울엔 바람의 목청이

거칠게 들리던 그 방
냉장고 텔레비전 세탁기도 들이지 않아
전기료가 사천 원 넘지 않던
그 집살이

좀도둑이 들락이며
쓸 만한 것들은 몽땅 가져갔고
고양이가 무단으로
보일러 위를 점령했지만
문만 열면
눈앞에 날마다 다른 산이 내려와 있고
한결같은 그녀가
윗층에 함께 살고 있어
생애 한 시절이
나는 아주 편안했다

눅눅한 날

비가 오는 날엔
굳게 닫아 놓았던
저마다의 문을
활짝 열어 놓으면 좋겠어
마른날엔 삐걱거려
열지 않던 문
비 때문에 눅어진 인심으로
사람들 모두가
활짝 문을 열어 놓으면 좋겠어

오가던 젖은 나그네
아무 집에나 들어가
잠시 지친 다리를 쉬며
젖은 몸을 말려도 좋겠어

주인장은
어디서 오신 뉘신지 묻지 않고
그저 어서 오시라며
따뜻한 차 한 잔과 마른 수건을 내어주고

속이 따듯해진 나그네
고마운 인사로
묻지도 않은 제 깊은 이야기
빗소리처럼 들려주다 보면
오랫동안 꼿꼿하던
심신의 까시래기가
어느새 누워버려
이제 살 것 같아지는

비가 오는 날엔 그렇게
모두가 나그네
모두가 주인이 되어서
삐걱거리던 마음들이
다 눅눅해지면 좋겠어

바짝 날 세우고
고단하게 살던 이들
비가 우려내는 흙내음처럼
구수하고 눅눅해졌으면 좋겠어

담배 이야기

서른두 살 젊은 어머니가
날 밤을 태운 담배 연기로
방 안은 굴뚝 속이었다

이른 아침
간신히 눈곱만 떼어내고
잠이 덜 깬
내 손목을 끌다시피
집을 나선 어머니

낯선 골목
어느 집 삽짝 앞에 멈춰
들어가라 등을 밀치고는
지척지척 돌아서 가버리셨다

마당 안으로 들어서니
마루 밑에 놓인
낯익은 아버지 구두와
그 곁에 나란히 예쁘지 않은 여자 신발 한 켤레

다른 여자와 함께 있는 아버지를
어떻게 해야 할까 몰라
멍하니 새벽 하늘을 보다
간신히 실낱같은 목소리로
아부지이 하고 불렀다

그 날 이후
어머니는 골초가 되셨고
매캐한 연기 자락을
동생들과 날마다 덮고 자면서
담배는 어린 나에게도
위안이 되었다

한숨 쉬는 병에 잘 듣는
별난 약이 어머니에게 있다는 걸
알고부터는
우리들 곁에서 도망가는
어머니의 꿈을
더는 꾸지 않았다

꾸역꾸역

느닷없이 닥친 슬픔에
꾸역꾸역
눈물 섞어 삼키는
한 숟가락의 밥
그 비장한 생명력이
우리를 살게 한다

꾸역꾸역
치밀어 오르는 화를
억누르고 간신히 넘긴
쓰디 쓴 시간은
어느덧
잔잔한 평온이 되어
선물로 안긴다

꾸역꾸역
모여든 사람들이
큰 물결이 되어 세상을 바꾸고
꾸역꾸역

등짐으로 나른
한 장 한 장 벽돌이
우리를 지키는 든든한 성이 된다

꾸역꾸역
일터로 나가는
저 새벽 발걸음 또한
결코 건너뛸 수 없는
우리네 삶의 원형

꾸역꾸역
우리가 한 번도 대접한 적 없는
시답잖은 이 말이
놀랍게도 우리 곁에서
날마다 새로운 역사를 쓴다

우암산을 바라보며

북으로 난 창문을 열면
산은 언제나 기다렸다는 듯
와락 거칠게 달려들었다

날마다 다른 빛깔
다른 향기의 선물을 안고
내 방을 들락거렸다

우기이거나 건기이거나 상관없이
우리는 밀월이었고
그의 정기를 먹으며
내 속살이 부풀어갔다

나에게 날개를 달아주었고
날갯짓을 가르쳐주었다
날개가 자라면서
욕망도 함께 자라
더 멀리 날고 싶은 어느 날
그의 품을 떠났다

눈부신 활공도 한 때 있었으나
청춘의 날에도
비상은 호락호락하지 않았으니

젊음을 모두 허비하고야
이리저리 부딪치고
찢긴 날개를 접고
다시 그를 찾은 오늘

산은 어느덧
제 몸에 푸른 숲을 길러내
위풍도 당당한 장년의 기개로
우뚝 내 앞에 다가선다

다시 연애를 시작하자니
내 날개가 비루하다
함부로 그를 떠났던 시절이 어리석어
그의 손을 잡기가
부끄럽기만 하다

남들집

수전증을 앓는 형광등 아래
소주를 마시던 막손님들
상을 물린지 한참인데
날마다 걸음하던 보일러 정씨가
때가 지났는데도 아직이다

목을 빼어
골목 끝을 내다보는 여주인
끄응 돌아앉아
사내와 마주 앉던 상을 향해
버럭 지껄인다

물때썰때도 모르는 인간아
과메기 한 접시 못시켜
천날만날 생두부 한 모 놓고
남의 잠이나 축내는 주제에
일찍이나 다닐 것이지

욕지거리 같은 하품을 씹으며

다시 목을 늘여 기다리는
골목 끝에
어느새 드문드문 별이 기웃거린다

깊어가는 밤
납때대한 여자 얼굴에 야속한 잠이 달라붙고
홀로 켜진 남들집 간판이
대책 없이 외롭다

오늘은
정씨의 젊어서 죽은
마누라 제삿날이다

내가 자란

그 마을엔 부자가 살지 않았다
가난이 보통이어서
아무도 가난하지 않았다

사람들은 순하여
다투는 소리가 들리지 않았고
가끔 들리는 큰 목소리는
거나하게 술 취한 아버지가
마을 입구부터 목청껏 부르시는
매기의 추억 처음 몇 소절

택시가 들어오지 않는
좁고 굽은 골목에서
아이들은 만만하게 뛰놀았다
숙제를 안 하고 늦도록 몰려다녀도
어른들은 나무라지 않았다

어쩌다 축구공이 생기는 날엔
마을에서 제일 넓은 향교 마당에

사내 아이들이 모여들어
몸에서 쉰내가 나도록 공을 차고
심심한 여자 애들은
괜히 그 언저리에서 놀았다

넓은 마당에선 일 년에 두 번쯤
영화를 돌렸고
수없이 빗금 치는 화면을 보며
포대기 두른 아낙이나 팔뚝 굵은 사내나
함께 웃고 함께 눈물을 훔치다
영화가 끝나면
모두가 해피 엔딩의 주인공이 되어
집으로 돌아갔다

그 마을에선
아이들이 미루나무처럼 잘 자랐고
어른들은 아이처럼 늙어갔다
아무도
가난을 어지럽히는 이가 없었다

젊은 날의 명소

오십 년 된 갈참나무가
얼어 죽었다는
수 십 년 겨울에 가장 추운 날
이 곳을 찾았다
사랑을 하거나
이루지 못하거나
숱한 청춘들의 눈물을 마신
명암지

오늘은 결빙의 모습으로
나를 맞이한다
가만히 다가가
오랜만에
저 수심 깊은 곳에 갇힌
내 시간을 불러낸다

은빛 물비늘만 뒤척이는
고요한 호수 위에
우리는 작은 배를 띄웠다

서툴게 노를 저으며
그는 나를 보고 웃고
뱃전에 기대앉아
눈이 부신 나는 꽃무늬 양산을 펴서
빙그르르 돌리며
산타루치아를 부른다

노래는 수면을 타고 은은하게 번져 가고
하얀 소매를 걷어올린 그의 팔뚝은
노를 저을 때마다 푸른 정맥이 뛰논다
붉어가는 그의 이마에서
떨어지는 땀방울

어디서 나타난 구름장 하나
우리의 입맞춤을 시샘하여
그림자를 던지고 지나간다

호수의 생생한 증언이
채 끝나기도 전에

세찬 바람이 등을 떠민다
날려버릴 듯이

시간은 죄수처럼 끌려
다시 깊은 수심에 갇힌다

잘 있거라
내 젊은 날이여

대광서점 떠나가다

시내로 들어오는 차 안에서
멀리 구름다리가 보이면
가슴이 따뜻해지는 지점
그 다리 너머로
웅장하다 못해 위압적인
붉은색 왕관 모양의
교회 지붕이 보이면
우리 동네 옆구리 쯤 다 온 거다

서울살이 접고 이순 나이에
우연히 몸붙인 동네
아는 이 한 사람 없는 낯선 거리를 걷다
뜻밖에 눈에 띈 책방은
다소 고급스러운 위안이었다

버스 노선이
하나밖에 없는 동네

온라인 세상에 엉뚱한 생존력은

어린 학생들 참고서라도 팔며
길이 버티겠다는
고맙고 쓸쓸한 책방 주인의 고집

가끔 들러 신간을 훑어보고
다달이 월간지도 하나씩
멋 부리듯 옆구리에 끼고 돌아왔다
이 동네에서
이런 호사를 누리며 살게 될 줄이야

할 일 없는 아무 날
고상한 볼일이라도 있는 듯
들락거리기에
책방처럼 좋은 곳이 또 있으랴
아무 때나 만날 수 있는
지체 높은 친구 하나를 둔 셈

내가 사는 십 년을
꿋꿋이 버티던 책방 주인은

내가 떠난 삼 년 후쯤
고집을 꺾었다

일부러 찾아간 그 날
지체 높은 나의 친구는 사라지고
그 자리엔 슈퍼마켓이 들어섰다

아 나의 친구
소식도 없이 이승을 떠났구나

갑자기 충충해진 동네
당혹스런 눈물을 거리에 뿌리며
내 방식의 장례를 치뤘다
2019년 여름

스타 세탁소

운천동 본가 갈비집 뒷골목에
스타의 산실이 자리하고 있다

달맞이꽃을 여러 화분에 심어
출입문 앞에 꽃을 피우는
스타 세탁소 아저씨
뒤란 감나무에서 떨어져
두어 달은 못 일어난다는
그 아내의 말에
어쩌나
허리에 가죽단을 댄 스커트를
하는 수 없이 다른 세탁소에 맡겼으나
옷이 너무 까다롭다며 되돌려 준다

한때 충무로에서
박노식 장동휘 같은
스타들의 옷을 단골로 맡았다는
1944년 생 세탁 장인
정년 없는 그 일이 좋다며

가끔 충무로 옛시절을
손님들에게 풀어 놓는다

낮에 만나도
어쩌다 늦은 저녁에 만날 때도
그의 인사는 한결같이
굿모닝 김선생
달맞이꽃 같은 그의 인사가
나는 좋았다

그 세탁소를 드나드는 동안
나는 언제나 스타였다
아니 그는 모든 손님을
자기 스타로 만들었다

낯선 세탁물이 들어오면
한귀퉁이 잡아 성질을 알아채고
기어이 새로운 날개로 환생시키는
세탁의 명인 윤길수

운천동을 떠나면서 당장에 심난한 일은
이젠 더 이상 내가
스타가 될 수 없다는 일이었다

그러나 괜히
이런 확신이 들기도 한다
그의 가슴속에 나는
영원히 잊혀지지 않는
스타일지도 모른다는

평론

———

서로 누군가에게 마당이 되어준다면
– 김혜경의 시 세계

유성호 문학평론가·한양대학교 국문과 교수

1. 견고한 '시간예술'로서의 속성

　김혜경 시인의 시편들은 지나간 시간에 대한 그리움을 통해 존재론적 자기 확인의 순간을 담고 있다는 점에서 전형적인 서정시의 길을 가고 있다. 그녀의 시는 자신이 경험해 온 시간의 흐름을 기억 속에서 재구성하는 일종의 '시간예술'로서의 속성을 견고하게 갖춘 채, 오랜 상상의 화폭으로 자신만의 내면적 기록을 이어가고 있다. 특별히 이번 시집 『어쩔 수 없는 시』는 이러한 서정시의 특성을 첨예하게 보여주면서, 그 안에 지나온 시간에 대한 열망의 언어와 애잔하고도 아름다운 마음을 충일하게 품고 있다. 지난 시절 시인 스스로 겪은 상처와 고통, 그리고 그것들을 향한 한 없는 그리움을 동시에 실어 보내고 있는 셈이다.

아닌 게 아니라 김혜경 시인은 불모의 기억을 수습하고 거기에 숯처럼 결정(結晶)된 사랑의 마음을 발화하는 면모를 꾸준히 보여준다. 뭇 존재자들의 슬픔을 불가피한 존재 형식으로 노래하면서도 다른 한편으로는 지상의 모든 존재자들을 따뜻하게 감싸 안는 크나큰 품을 보여준다. 그렇게 그녀는 오랜 기억을 섬세하게 재현하면서, 세월에 따라 지워져 가는 순간들을 실감 있게 복원해 낸다. 이는 그녀가 한결같이 마음의 중심에 사랑의 순간들을 기억하려는 열의를 가지고 있음을 선명하게 알려준다. 따라서 우리는 한편으로는 구체적인 기억의 아름다움으로, 다른 한편으로는 누군가를 향한 연민과 사랑의 마음으로 간단없이 퍼져가는 '시인 김혜경'의 언어를 눈부시고 눈물겹게 바라보게 되는 것이다. 이제 그 세계 안으로 한 걸음씩 들어가 보도록 하자.

2. 고백과 기도를 통해 가 닿는 삶의 본원적 이치

두루 알다시피 기억이란 과거의 어느 한순간을 회복하려는 움직임이자, 적극적이고 창조적인 자기 재현 과정을 수행하는 기능이기도 하다. 개인의 인성 형성이나 사회적 학습 결과가 유년 시절 경험에 결정적 영향을 입는다는 것이 정신분석학의 정설임을 떠올릴 때, 이러한 기억 작용은 본래적 자아를 회복하는 데 결정적인 역할을 하게 된다. 따라서 오랜 기억에 각인되어 있는 근원적 가치를 현재의 삶으로 되불러 회복하려는 의지는 서정시의 가장 중심적인 기율이 되고도 남음이 있다. 김혜경의 시는 그러한 의지와 기율을 강렬하게 함축하면서도 누구보다도 섬세하고 아름다운 서정성을 그 저류(底流)에 흐르게끔 하고 있다. 먼저 다음 작품을 한번 읽어보자.

해 저문 뒤
자귀나무 숲에 갔습니다
땅거미 나붓이
치맛자락에 감겨옵니다
연분홍 새털 모양 꽃들이
사방에서
진한 향을 터뜨리니
방금 전 덧바른 분 내음
이내 사라집니다

온 산과 이 저녁을
향기가 안아줍니다
부서진 하루의 조각마저
모두 감싸줍니다

(…)

오늘 밤엔 꿈속에서
너와 손 잡고 거닐어볼까
꽃 지는 날 작은 씨앗으로
이 동산에
나란히 묻히자 말해볼까

헛되이 생각만 날리는데
어느덧 찾아온 저녁안개
내 좁은 어깨 위에
가만히 손을 얹어줍니다

― 「자귀나무 숲에서」 중에서

    황혼과 자귀나무는 그 분위기가 서로 잘 맞는다. 해질녘 자귀나무 숲에서 시인은 몸으로 감겨오는 땅거미의 기운을 느낀다. 특유의 향으로 유명한 "연분홍 새털 모양 꽃들"은 시인이 바르고 나온 분의 향기를 무색하게 한다. 그리고 그 향기는 산과 저녁을 모두 품으면서 시인으로 하여금 "그대를 예까지/ 품어오지" 못하였다는 생각에 이르게끔 한다. 향기에 싸인 채 먼 시간 저편에 있을 그 이름이 숲을 가로질러 번져갈 때, 시인은 "꽃 지는 날 작은 씨앗으로" 함께 숲에 묻히자고 생각해 본다. 여기서 저녁 안개와 숲 향기

같은 자연 현상은 모두 시인의 영원한 2인칭 '그대'를 환기하는 데 감각적으로 기여하고 있고, 가장 오랜 기억 속에 자리 잡고 있는 소중한 존재자를 각인시키는 역할을 하고 있다. 그 점에서 시인은 "너에게 줄 가장 아름다운/ 이별의 문장 하나를 만들고/ 마침표를 찍는"(「이별 준비」) 중이라고 할 수 있다. 그렇게 숲은 그녀에게 "아주 멀리 가지도 못하고/ 자꾸 뒤돌아보는/ 내 사랑의 쓸쓸한 처소"(「그 섬」)일지도 모른다. 다음은 어떠한가.

주여
시간의 잔고가
얼마 남지 않았나이다
더 늦지 않게
당신의 가장 귀하고 아름다운
선물을 내게 허락하소서

(…)

그리고
작별의 일은 아주 가벼이
가지 끝에 앉았다가 날아가는
한 마리 나비이듯
이 땅 위에 어떤 흔적도 말고

잠시 머물렀던 자리
한 줌의 온기로 남게 하소서

  —「너무 늦은 기도」 중에서

  시인은 다시 한번 스스로 "시간의 잔고가/ 얼마 남지" 않았음
을 고백한다. 더 늦지 않게 "당신의 가장 귀하고 아름다운/ 선물"
을 허락해달라는 기도는 어느새 작별을 치르는 "한 마리 나비"처
럼 가볍게 날아가게 해달라는 소원으로 이어진다. 마침내 지상의
어떤 흔적도 없이 잠시 머물렀던 자리에 "한 줌의 온기"로만 남게
해달라는 간구가 안착되는데, 이는 누군가를 향한 애절한 소망이
'시인 김혜경'의 불변의 발화 방식임을 증명하고 있다. 그렇게 '너
무 늦은 기도'는 "이생에선 열어볼 수 없는/ 선물"(「부디」)에 대한
애착과 열망을 한없이 보여준다 할 것이다.
  이처럼 가파른 생을 살아오면서 시인은 누군가를 향한 고백과
기도를 통해 삶의 본원적 이치를 담아내는 넉넉한 품과 격을 보
여준다. 나아가 그녀는 이러한 감각과 사유를 타자에 대한 적정
한 은유로써 펼쳐가는데, 그녀는 내밀한 관찰과 경험을 매개로 하
여 자신이 깨달아 온 삶의 이법을 들려주는 작법을 줄곧 취한다.
말할 것도 없이, 이러한 기율이 그녀의 시로 하여금 회고적이거나
퇴영적인 감각에 머물지 않게 하면서, 서정시의 기율을 한층 높이

며 타자에 가 닿는 과정을 아름답게 보여주게끔 해주는 것이다. 이때 차용된 소재는 한결같이 삶의 본질을 적극 환기하는 상관물로 기능하면서 그녀로 하여금 대상에 대한 애정과 형상화를 가능하게끔 해준다. 그녀의 미더운 시선과 필치를 따라 우리도 이제 그 형상화 과정에 동참할 수 있게 된 것이다.

3. 존재론적 원형을 향한 기억과 사랑의 마음

다음으로 우리가 김혜경의 시에서 만나게 되는 것은 그녀의 삶을 가능하게 한 이른바 존재론적 원형에 관한 남다른 기억의 심도(深度)일 것이다. 가령 그녀는 스스로의 원형에 가까운 이들에 대한 사랑의 마음을 하염없이 노래한다. 이러한 사랑의 마음은 지속적으로 그녀의 시를 관철해 가는 힘으로 작용하고 있다. 물론 그 힘은 필연적 소멸 앞에 놓여 있는 유한한 것이 아니라, 삶이 이어지는 한 지속될 수밖에 없는 실존적 조건으로 몸을 바꾼다. 그만큼 시인은 소홀치 않은 기억의 원리에 의해 충실하게 그것을 재현하면서 자기동일성을 환기해 가는 역동적 파동을 보여준다. 결국 그녀의 시는 마음의 파동을 깊이 품으면서 그 안에 사랑의 역동성을 아름답게 내장한 세계라고 규정할 수 있을 것이다. 다음 시편이 노래하는 존재론적 원형을 한번 만나보자.

길을 나설 때면 언제나
맨 앞에 가시던 아버지

한 발짝 뒤에는 어머니가
그 뒤를 동생과 나는 졸래졸래
아버지 뒷모습이
그저 우리에겐 길이었다

어딜 가든
어머니가 앞장서는 일은
결코 없었다

낯설고 험한 길
한 번도 가보지 않은 길에
망설임 없이 앞장서던 아버지
그 이름 뒤에
두려움과 외로움을 감추고
한 평생
우리들의 척후병이었던 남자

작은 체구에
생활력은 더 허약했으나
방패의 소명은
결코 버리지 않았던 아버지

세상에서 가장 견고한
그 이름을 걸고
처음 살아보는 인생을
마치 다 알고 있는 듯

길 없는 길을
언제나 앞장서 가시던
아버지

— 「앞장」 전문

한 가족이 걸어가는 길에 언제나 앞장을 서시던 아버지에 대한 기억의 소묘가 펼쳐진다. 누구넨들 그러지 않았겠는가. 아버지 한 발짝 뒤로 어머니, 그 뒤로 느런히 따라오는 형제들 풍경이야말로 고단한 한 시대의 컷으로 충분하게 사실적이 아닌가. 그렇게 아버지의 뒷모습은 가족 모두에게 어떤 '길'이었을 것이다. 비록 낯설고 험한 길일지라도 가족들은 아버지라는 이름 뒤에 두려움과 외로움을 감추고 한 걸음씩 나아갈 수 있었을 것이다. 그렇게 한평생 "우리들의 척후병이었던 남자"는 "방패의 소명"을 버리지 않았고 "세상에서 가장 견고한/ 그 이름"을 걸고 길 없는 길을 앞장서 가셨다. 그렇게 아버지는 모든 길의 발원지요 귀결점으로 남아 계시다. 간간이 "술 취한 아버지가/ 마을 입구부터 목청껏 부르시는/ 매기의 추억 처음 몇 소절"(「내가 자란」)이 떠오르지만 그분의 삶은 "결코 건너뛸 수 없는/ 우리네 삶의 원형"(「꾸역꾸역」)이었던 것이다.

초록불 켜진 몇 십 초 동안
횡단보도 위
내 앞을 지나는 이들
젊거나 늙었거나
어느 한 구석은
한때의 내 모습이거나
언제든 내가 될 수 있는 모습이다
―「정지 신호」 중에서

갑자기 보고 싶다며
한동안 잊었던 목소리가
날아들기를

길을 걷다가
수십 년 늙어버린
옛사랑과
영화처럼 마주치기를

―「눈썹이 잘 그려진 날」 중에서

그런가 하면 시인 자신의 삶을 발견하게 해주는 "초록불 켜진 몇 십 초 동안/ 횡단보도 위"라는 시공간 또한 상상적인 원형을 그녀에게 가져다준다. 그 순간 길 위를 지나가는 이들은 "한때의 내 모습"이나 "언제든 내가 될 수 있는 모습"을 알려주는 거울과도 같은 존재들이 아닌가. 또한 스스로 거울을 바라보면서 눈썹을 그리는 날에도 시인은 "갑자기 보고 싶다며/ 한동안 잊었던 목소리"를 갈망하거나 "수십 년 늙어버린/ 옛사랑과/ 영화처럼 마주치기를" 희망해본다. 모두 시인의 삶을 물들였던 소중한 존재 혹은 시공간에 대한 절절한 기억의 사례일 것이다. 이 모든 것이, 비록 "서로/ 멀리 있는 법을 배운 지/ 오래"(「안부」)이지만 "순간 아득하니/ 그리움이 휘청"(「안녕 구구치킨」)하는 순간이 아니겠는가.

대체로 어떤 원형을 이야기할 때, 우리는 그것 역시 살아 있는 존재라는 점에 상도(想到)하게 된다. 그래서 그 원형은 시를 쓰는 이와 당연히 상호 소통적 성격을 띠게 마련이다. 하지만 상호 소통적 사랑은 서정시의 모티프로 흔히 채택되지 않는다. 오히려 서정시는 부재하는 대상을 향한 말건넴 형식으로 이루어지는 것이 상례이기 때문이다. 김혜경이 들려주는 사랑의 마음도 누군가의 결여 혹은 부재의 상황에서 발생하는 어떤 것이 많다. 그래서 우리는 그녀의 시를 통해 누군가를 향한 기억과 사랑이 얼마나 치명적인 테마가 되는지, 그리고 얼마나 인간 존재론의 중요한 근거를 이루고 있는지를 알 수 있게 된다. 김혜경 시인은 이처럼 아름다운 언어로 존재론적 원형을 향한 기억과 사랑의 마음을 기록해가고 있다 할 것이다.

4. 어쩔 수 없이 시가 되는 것들

결국 우리는 이번 시집을 통해 삶과 풍경을 재현해 가는 시인의 만만치 않은 적공(積功)을 만나보게 된다. 우리는 한 편의 서정시가 시인 자신의 경험은 물론, 대상에 대한 묘사를 수행해 간다는 사실을 잘 알고 있다. 그리고 시인의 유일무이한 경험을 통해 스스로의 삶을 반추해 보기도 하고, 새로운 세계에 대한 경험을 풍요롭게 하기도 한다는 점 또한 인지하고 있다. 그러나 그와 반대편에서 타자를 관찰하고 그들을 끌어들이는 상상력 역시 서정시의 중요한 몫이 된다. 김혜경 시인은 기억 속의 풍경을 재현함으로써 이러한 상상력을 아름답게 보여주는 살아있는 범례(範例)이다. 특별히 그녀의 시는 존재론적 원형으로 끊임없이 회귀하려는 강한 열망을 드러낸다는 점에서 주목되는데, 그래서 타자의 풍경역시 시인의 원형적 모습을 담고 있는 역상(逆像)으로 기능하게된다. 그리고 그 역상은 '시'라는 언어예술로 마침내 귀결되어 간다. 다음 작품을 읽어보자.

모든 가난한 것들은
어쩔 수 없이 시가 된다
세상에 어떤 것도
가난을
안아줄 수 없기 때문이다

사라져가는 모든 것들은
어쩔 수 없이 시가 되고 싶어한다
세상 어딘가에
제가 머물다 간 이야기를
남기고 싶어서다

순결하고 다정하고
외로운 것들도
스스로 위로가 되고 싶어
어쩔 수 없이 시가 된다

나약하고 상처받고
버림받은 것들에게 고이는 시

살아내는 일
고달프고 서러울 때
막막한 벌판에
혼자가 되어 서 있을 때

우리네 본성이야

어디를 가랴

사람들은 저도 모르게

그 샘물을 찾는다

— 「어쩔 수 없는 시」 전문

여기서 '어쩔 수 없다'는 것은 불가항력적인 운명의 함의를 머금고 있다. 가령 모든 가난한 것들이 "어쩔 수 없이" 시가 된다고할 때, 그 안에는 자연스러운 불가항력의 함의가 담겨 있다. 가난을 안아줄 것이 세상에는 없는데 '시'는 그것을 가능하게 할 것이기 때문이다. 마찬가지로 "사라져가는 모든 것들"이나 "순결하고다정하고/ 외로운 것들"도 모두 시가 될 수밖에 없다. 세상 어딘가에 제가 머물다 간 이야기를 남기려는 뜻 때문이다. 그렇게 약하고 상처받은 것들에게 와 고이는 '시'야말로 고달프고 고독하고서러운 삶을 살아내는 "우리네 본성"을 샘물처럼 찾게 해주는 것이 아니겠는가. 결국 '어쩔 수 없는 시'는 우리의 삶과 가까워지면서 '시인 김혜경'의 예술적 국량(局量)과 의지를 남김없이 보여주는 스크린이 되어준다. 그렇게 그녀에게 '어쩔 수 없는 시'는, 한편으로는 "눈물의 역사는/ 한 사람의 서사시"(「인공눈물을 흘리며」)임을 알려주고, 한편으로는 "아름다운 매듭을/ 생각하며/ 시간을 가다듬어"(「매듭을 생각한다」) 가는 시인의 행복한 만년(晚年)을 생각하게 해준다. 다음 시편들도 그러한 가난과 사랑의 마음을 따듯하게 전해준다.

> 가난해야 비로소
> 보이는 것들이 있다
>
> 가난해야
> 사는 것에 애틋함이 더해진다
>
> 본시
> 가난의 결은
> 그리 거칠지 않았으리
> ―「가난의 기술」 중에서
>
> 지금은
> 마당을 잃어버린 시대
> 우리가 서로에게
> 작은 마당이 되어준다면
>
> (…)
>
> 작은 방을 나서

막막한 바깥세상 디딜 때
몇 걸음이라도 받들어주는
우리 서로 누군가에게
이슬 촉촉이 머금은
마당이 되어준다면

                                  — 「마당」 중에서

    이번에도 시인은 "가난해야 비로소/ 보이는 것들"에 대해 이야기한다. 여기서 가난해야 가능하다는 것은, 성서에 나오는 "마음이 가난한 자는 복이 있나니"라는 구절을 연상케 해준다. 마침내 시인이 구상하는 '가난의 기술'이란, 사는 것에 애틋함이 더해지는 "가난의 결"이 거칠지 않고 삶에 역설의 윤택함을 전해준다는 것일 터이다. 그 가난하고 아름다운 시절을 불러와 "지금은/ 마당을 잃어버린 시대"라고 말하는 뒤의 시편에서 시인은 "우리가 서로에게/ 작은 마당"이 되길 바라고 있다. 막막한 세상을 견디는 힘으로 '마당'이라는 은유를 빌려온 시인은 그렇게 "몇 걸음이라도 받들어주는" 마당이 필요한 시대를 상상해보는 것이다. 이처럼 '가난'과 '마당'은 서로를 비추면서 '어쩔 수 없는 시'를 이루는 호혜적 요소가 되어준다. "어느 한 구석에/ 도장처럼 찍혀 있는/ 애잔"(「1분 동안」)을 넘어 "지금은 찬란하지 않아도 좋은 시간"(「지등이 걸리는 저녁」)에 "눈에 띄지 않아도/ 그 향기가 결코 감춰지지 않는"(「내가 좋아하는 사람」) 시간을 비추어주는 것이다. 그 그리움의 힘이야말로 "안으로 들어갈수록/ 더 환해지는 세상"(「수박」)을 우리에게 순간적으로 허락해주고 있는 것이다.

이처럼 김혜경 시인의 이번 시집은 우리를 둘러싼 주변이나 외곽을 따뜻하게 돌아보면서 자기 기원에 대한 기억과 확인 과정을 정성스럽게 수행해 간다. 그 밑바닥에는 시인 자신이 오랫동안 겪어온 경험 가운데 깊은 기억의 층을 재현하려는 의지와, 오랜 추억 속에 간직해 온 대상들을 포괄함으로써 존재론적 확산을 가져오려는 마음이 함께 모여 있다. 물론 이러한 확장 과정은 타자를 포용하면서 동시에 다시 자신으로 귀환하려는 마음을 포함한다. 그 점에서 그녀의 시는 서정시가 가지는 세상을 향한 원심(遠心)과 자신을 향한 구심(求心)을 동시에 보여주는 실례로 기록될 것이다.

5. 새로운 삶의 사유와 감각의 한켠

앞에서도 강조하였듯이, 서정시는 시간에 대한 경험의 형식으로 쓰여진다. 지나온 시간에 대한 경험 형식을 취하면서 그 가운데 가장 오랜 기억의 순간을 탈환한다. 그러한 원형적 세계에 대한 회상이야말로 시인에게 근원적 힘이 되어주는 것이다. 김혜경의 시는 자신을 있게 해준 대상들을 향한 그리움을 담으면서, 그리움을 존재론적 원형으로 옮기고 마침내 그것을 인생론적 성찰로 바꾸어 간다. 그녀는 우리의 삶이 시간의 흐름 위에 놓여 있음을 노래하면서, 의식의 심층에 원체험을 그려 놓는다. 이때 원체험을 변형하는 데 시인의 기억이 매개 작용을 하는 것은 말할 것도 없다. 그 점에서 시인은 지난날의 기억과 현재형을 결속해가는 서정의 사제(司祭)인 셈이다.

말할 것도 없이, 이 무모한 속도전의 시대에도 여전히 느리고 여린 서정시를 우리가 쓰고 읽는 것은 그 안에 담긴 시인의 언어를 통해 어떤 진정성에 근접해 보려는 의지 때문일 것이다. 물론 이러한 의지가 항구적으로 삶을 규율해 갈 수는 없겠지만, 적어도 그것은 삶에 인지적, 정서적 충격을 가함으로써 우리 스스로를 반성적으로 사유할 수 있게끔 해준다고 말할 수 있을 것이다. 김혜경의 시는, 서로 누군가에게 마당이 되어준다면, 그러한 인생의 숨겨진 의미와 가치를 발견할 수 있을 것이라고 우리에게 말해준다. 오랜 기억 속에서 살아오는 사랑과 그리움을 한껏 쬐면서 우리도 그 사유와 감각에 동참하는 순간이 눈부시기만 하다.

어쩔 수
없는
시

초판 1쇄 발행 2023년 12월 13일
　　 2쇄 발행 2024년 2월 5일
　　 3쇄 발행 2024년 3월 11일

지은이 김혜경
펴낸이 이낙진
편집 · 디자인 홍성주
펴낸곳 도서출판 소락원
주소 경기도 양평군 강상면 강남로 714-24
전화 010-2142-8776

ISBN 979-11-975284-4-6 03810

• 책값은 뒤표지에 있습니다.
• 파본은 구입하신 서점에서 교환해 드립니다.